文·圖
瑪麗卡·邁亞拉 Marika Maijala

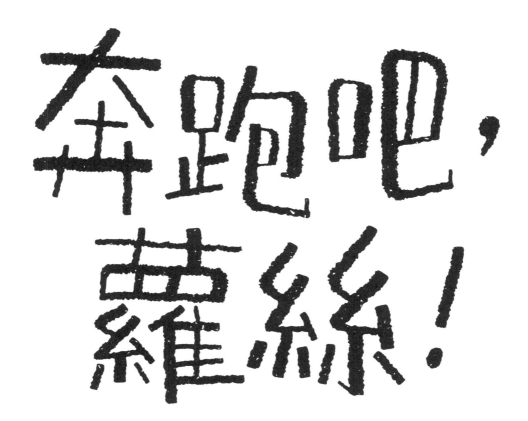

奔跑吧，
蘿絲！

譯／涂翠珊

蘿絲在跑道上奔跑，爪子重重的敲擊地面。

蘿絲往前飛奔，空氣中充滿草的氣味，
觀眾席上傳來興奮的喊叫聲和加油聲。
吉絲雷、鐵蘇和名叫蘭斯洛特勳爵的賽狗，
與蘿絲並肩奔跑著。

白色的電子兔跑在賽狗的前方。
蘿絲的眼角瞄到電子兔了，牠很快的
就把其他的賽狗拋在後面，
第一個衝過終點線。
「冠軍是編號2號的狗。」宣布結果的
廣播聲，傳遍坐得滿滿的觀眾席。

比賽結束後，疲倦的賽狗都
被帶回牠們的籠子。觀眾們
關上汽車後車廂回家了。
蘿絲累得只想睡覺。

賽狗場的夜晚一點也不平靜，賽狗們在籠子裡不安的躁動，警衛不停的繞場巡邏。

蘿絲打著盹，在夢中牠看見森林、草原和真正的兔子。牠的爪子輕輕的搔著地面。

新的競賽日開始了。觀眾席上再度充滿歡呼和加油聲。

賽狗們朝著電子兔衝去。牠們像火箭一樣，

一次又一次的繞著跑道跑。

蘿絲領先所有的賽狗，往終點線衝過去。

可是，在終點的旗幟揮下後，牠竟然完全沒有減速。

蘿絲往高處跳躍，看起來就像是要飛越環繞
跑道的玫瑰花叢。

觀眾們驚呼，接著是片刻完全的安靜。

裁判吹響哨子，可是蘿絲不在乎。
牠繼續奔跑著。

荒地上颳著風。火車的汽笛聲響起，蘿絲跑得跟火車一樣快，有那麼一瞬間，他們並肩奔跑著。餐車上的一位男士，用手機拍下奔跑中的蘿絲。

蘿絲穿越田野跑進森林。森林裡很陰暗，而且黑影幢幢。
蘿絲無聲的移動著，柔軟的苔蘚吸收了牠的腳步聲。
牠彷彿聽見後方有追逐者的聲音，咆哮、吠叫著，
因此不敢停下腳步。
蘿絲跑了一整個晚上。天亮時，微光才透入了樹林後方。

一棟大屋子在花園的中央閃耀著明亮的光。
蘿絲聞到野蕨草與奇異花朵的氣味。
正在吃早餐的嬌小婦人，沒有注意到靜悄悄的、
偷偷穿過花園石子路的蘿絲。
看家狗開始對蘿絲狂吠，蘿絲快速的從灌木間隙
鑽到陌生城市的街道上。

老舊的帳篷前坐著一匹被韁繩綁住的小馬。在蘿絲跑過時，牠發出渴望的嘶嘶聲。

魔術師的女兒正在練習即將演出的特技，完全沒有發現從窗戶底下快速溜過的蘿絲。

蘿絲在火車站的臺階上橫衝直撞。四周傳來廣播聲和火車的汽笛聲，這些都讓蘿絲回想起賽跑，使牠加速往前衝。

「喂，小心一點！」戴著帽子的男士在蘿絲的背後喊著，並擦了擦褲子。

「請賞給我一點錢吧！」蜷蹲在臺階底下的女人，小聲的哀求著。

可是沒有人停下來。人們都匆忙的
提著包包上班、搭地鐵、去旅行。
城市像大型野獸一樣的咆哮著。

蘿絲衝到一個擁擠
的街道。汽車按喇
叭，機車也發出巨
大的引擎聲和尖銳
的喇叭聲。
蘿絲繞著圓環一圈
又一圈的跑著。
一個小女孩在紅色
汽車的後座對蘿絲
揮手，牠趕緊跟在
汽車後面追著跑。

車子開到港口，一艘遊輪等在岸邊。
蘿絲跳進水裡，水流實在太強大，
很快的就把蘿絲沖走。
蘿絲沒有抵抗，
只是順著水流往前游。

當蘿絲終於游到岸邊時，已是清晨。

一隻鵝拍動翅膀，嘶嘶叫著。

牠的巢就築在腐朽船隻的下方。

蘿絲蜷縮在鵝巢邊睡了片刻。

夢中牠不斷聽見

潮水拍打在岸邊石頭上的聲音，

和遠航遊輪傳來的號角聲。

蘿絲繼續奔跑。小小的城市很安靜。屋內的男人從廚房望向窗外，茶壺發出哨笛聲。

蘿絲突然停下來。
從某處傳來尖叫和呼喊聲，
空氣中有草地的味道。
蘿絲帶著疑惑傾聽著。

這些聲音聽起來是友善的。
蘿絲站在一個小公園的門口。
兩隻狗輕輕的跑到蘿絲身邊，
牠們發出友善的低吠聲，
「嗨，你想不想跟我們一起賽跑？」
只有三隻腳的褐色狗問。

蘿絲想了一下。

接著，三隻狗開始往前奔跑。
蘿絲領先，褐色的狗和身上有
斑點的小狗跟在後方。

蘿絲是牠們當中速度最快的，所以牠必須
等待其他的狗。等牠們都追上了，
牠再開始起步跑。

牠們也玩摔角，褐色的狗拉扯蘿絲的衣服，
衣服「刺啦」一聲撕裂了，蘿絲滾到地上，
四腳朝天。
「對不起！」褐色的狗大笑。「我是意達，
牠是希莉，這個公園是我們的家。你是
誰呢？」

「我是蘿絲。」蘿絲回答，一邊甩了甩頭上的毛。

牠的心跳很快，就像每一次奔跑完一樣。牠感覺有一點兒涼，因為沒有了衣服，但是也意外的更容易呼吸了。

草莖隨風擺動，清新的青草香撲鼻而來。蘿絲看著意達和希莉，牠們正對著牠搖尾巴。

「我們再來跑吧？」蘿絲問。

獻給蘿絲

感謝芬蘭藝文推廣中心所提供的獎助金。

感 謝

Elisa, Rosie, Vincent, Siiri ja Iida
Jenni, Reka, Kirsikka, Sara

Äiti ja isä, Minna, Mikko, Juha-Pekka, Johanna, Lauri, Elsa,
Teija, Jesse, Juha, Hannu, Sanna, Anne-Charlotte, Inka, Martin,
Leo, Taina, Riitta, Hanna V., Eeva, Tuomas, Kirsi, Oskar, Lilja,
Ivar, Aino, Nina, Iro, Laura S., Emma,
Anne-Mari, Laura L., Wensi, Leena, Camille, Hanna K., Jukka,
Anja, Kati, Annukka, Heli, Milla, Johannes, Veera, Annette,
Sirkku, Raili ja Merenkävijöiden 606-klubi.

感謝許多其他認識或不認識的朋友，在這段創作旅程中充滿意義的相遇。

作者

瑪麗卡·邁亞拉 Marika Maijala

自由插畫家，目前住在赫爾辛基，是芬蘭近年來極受注目的插畫家，曾二度榮獲芬蘭兒童繪本插畫最高獎項（Rudolf Koivu award）、多次入選義大利波隆那國際童書插畫展（Bologna Illustrators Exhibition）、英國插畫協會獎決選名單（The AOI World Illustration Awards）、德國國際青少年圖書館白烏鴉獎（The White Ravens List）等，獲獎無數。瑪麗卡的圖畫書創作，已在英、日、德、法……等十幾個國家出版，深受讀者喜愛。

譯者

凃翠珊 Tsui-Shan Tu

定居芬蘭17年，著有《設計讓世界看見芬蘭》、《北歐四季透明筆記》、《教養可以這麼自然》等書，並曾翻譯芬蘭童書及手作創作書籍。常為各媒體撰稿，書寫芬蘭，並在北歐四季透明筆記部落格分享芬蘭生活與文化觀察。

臉書專頁：北歐四季

Original title: Ruusun matka
Copyright © Marika Maijala & Etana Editions, Helsinki 2018
Published in agreement with Koja Agency

奔跑吧，蘿絲！

文·圖／瑪麗卡·邁亞拉 (Marika Maijala)
譯／涂翠珊　美術設計／蕭雅慧
執行長兼總編輯／馮季眉
編輯／徐子茹、戴鈺娟、陳奕安
社長／郭重興　發行人兼出版總監／曾大福
業務平臺總經理／李雪麗　業務平臺副總經理／李復民
印務協理／江域平　印務主任／李孟儒
出版／步步出版　發行／遠足文化事業股份有限公司
地址／231 新北市新店區民權路 108-2 號 9 樓
Email／service@bookrep.com.tw　客服專線／0800-221-029
法律顧問／華洋國際專利商標事務所·蘇文生律師
印刷／凱林印刷股份有限公司
初　版／2020 年 3 月　初版三刷／2022 年 3 月　定價／350 元
書號／1BSI1059　ISBN／978-957-9380-52-2
特別聲明：本書僅代表作者言論，不代表本公司／出版集團之立場。

本書獲芬蘭文學交流中心 FILI FINNISH LITERATURE EXCHANGE 補助出版。